范姊姊說故事
我最喜歡表演

文／范瑞君 · 圖／曾雅芬

范姊姊說故事音檔 QR Code，請掃描下載聆聽。

音檔 1：一邊聽一邊看文字記憶，好玩又有趣！

音檔 2：新增許多內容，拋開文字，徜徉在想像的
世界！

導讀：學習表達能力

我身為專業的表演者，近幾年同時也致力於表演教學。除了訓練專業的表演者外，還有許多並非以當專業演員為目的的學習者，這表示大家越來越清楚表演訓練對個人心智開發上的重要和好處。

表演練習在醫學上可撫慰病人內心的恐懼，在職場上可增進員工溝通的能力。若是成人學習，可以紓解並面對自我情緒，青少年可以尋找自我認同，兒童則可以學習表達能力。

尤其在這資訊爆炸、知識取得容易的時代，知識的整合、溝通和表達，已成了小孩較重要的能力。

我們這一代的父母都希望孩子能做自己，充分地展現自己的獨特性，但畢竟這還是一個人與人組合起來的社會，個人展現與團體社會之間，還是有其必要取得一個較舒服且安全穩定的關係。

其實每一個人的天性裡本來就會因應對象和狀況，表現出很多的面向，每個人都是非常棒的千面女郎。

讓我們利用這本繪本，帶領著孩子，讓他認識自己眾多的可能性。如此一來，將來在遇見自己不同的面貌時，不會感到困惑，甚至可以好好因應不同情境，而呈現得體的自我。因為只有懂得了解自我，才會有能力體諒他人，人與人之間才能進而達到有效且溫暖的溝通。

本繪本適用於所有擁有想像力的小孩，可引導出小孩的各種面相，也可用扮演的遊戲，讓孩子學習在不同的情況下，展現合宜的舉止。並且可搭配有聲音檔互動，第一部分是全書內文的朗讀，可由家長陪讀；第二部分是內文加上繪圖的補充引導，可讓這個階段開始想自主學習的小孩，自己一邊聽音檔一邊翻閱繪本重複學習。最後，希望所有的寶貝們，越來越喜歡表演！

范瑞君

作者簡介

• 金鐘獎最佳女配角，並曾入圍金鐘獎最佳女主角。

• 國立臺北藝術大學劇場藝術研究所導演組畢。國立藝術學院戲劇系表演組畢。

• 曾任國立臺北藝術大學戲劇系兼任講師。

• 為橫跨劇場、影視和教學的專業演員、導演。

現有兩個個性迥異的女兒。去遊樂場和逛玩具店常常比女兒玩得還開心，且偶爾還是會忍不住和女兒搶玩具。希望女兒也能永保赤子之心，開心地遊戲人間。

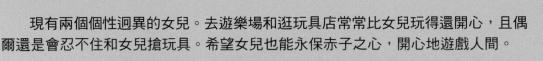

▶ 舞台演出作品：【表演工作坊】《暗戀桃花源》、《寶島一村》；【屏風表演班】《我妹妹》、《西出陽關》；【相聲瓦舍】《緋蝶》；【果陀劇場】《一個兄弟》；【故事工廠】《三個諸葛亮》等。

▶ 電影演出作品：《阿爸的情人》等。

▶ 電視演出作品：《殺夫》、《逆女》等。

▶ 導演作品：客家電視台《日頭下，月光光》、故事工廠《2923》。

導讀：孩子看到的世界

喜歡繪本的程度，說它是心靈伴侶都不為過。常在感到低落和困惑，想得到休息、想找答案時，都會拿起它。而創作繪本的想法，始終一直放在心上。

在畫上一本素材集《手繪風素材集：動物好友的日常生活》（瑞蘭國際出版）時，也曾思索過，若將角色轉換成繪本主角，應該很好玩。然後就在某次交稿，編輯詢問是否有興趣接下繪本工作時，當下驚喜地說願意。

記得第一次開會，瑞君說著，想透過故事傳達給孩子，讓孩子有做自己的自信與勇氣，同時，也希望孩子能夠思考和理解他人的感受。

於是我想著，書中小女孩所看到的是個怎樣的世界呢？記得小時候自己也常愛演獨角戲，一件浴巾可以是超人的披風、公主的禮服、辦家家酒的地毯……。

對於想像力豐富的孩子來說，世界是多彩的，好玩的點子總是不缺的。所以我在畫圖的過程，彷彿進入了女主角溜溜的世界，這個世界裡充滿了繽紛色彩的想像，以及愉悅、自由的好奇心。感覺像是和溜溜一起，共同完成了一個個畫面。做著喜歡的事情，發現自己的獨特，然後把這份美好帶給身邊的人，我用這樣的心情，完成了《我最喜歡表演》這本繪本。

謝謝瑞君的故事，讓我實現畫繪本的心願。謝謝愿琦、仲芸一直以來夥伴般的鼓勵與建議。謝謝去開會時總會親切問候的米琪。謝謝溜溜我們一起共度的時光。

曾雅芬

繪者簡介

出生於台灣寶島的正中間南投，畢業於國立藝專美工科平面設計組（現已改制為臺灣藝術大學）。

曾在滾石文化擔任美術主編，後因對兒童哲學感到好奇，參加了大直故事團擔任故事媽媽，因此對繪本及插畫產生興趣，進而參加lucy創作師資培訓班，並曾參與草嶺ehon旅館壁畫繪製等工作。

現職為自由獨立插畫者。2019年出版《手繪風素材集：動物好友的日常生活》（瑞蘭國際出版）。

FB ／這裡有座湖泊

IG ／lake_in_

大ㄉㄚˋ家ㄐㄧㄚ好ㄏㄠˇ！
我ㄨㄛˇ是ㄕˋ溜ㄌㄧㄡ溜ㄌㄧㄡ，溜ㄌㄧㄡ滑ㄏㄨㄚˊ梯ㄊㄧ的ㄉㄜ溜ㄌㄧㄡ。

我ㄨㄛˇ對ㄉㄨㄟˋ所ㄙㄨㄛˇ有ㄧㄡˇ的ㄉㄜ˙事ㄕˋ情ㄑㄧㄥˊ都ㄉㄡ很ㄏㄣˇ～～好ㄏㄠˇ奇ㄑㄧˊ。

爸ㄅㄚˋ爸˙ㄅㄚ說ㄕㄨㄛ：妳ㄋㄧˇ是ㄕˋ一ㄧˋ隻ㄓ小ㄒㄧㄠˇ貓ㄇㄠ咪ㄇㄧ嗎˙ㄇㄚ？

媽咪說：
我怎麼生到
一隻小猴子呢？

喔～順便介紹一下，
這是我最可愛的妹妹。

但ㄅㄢˋ！ 我ㄨㄛˇ就ㄐㄧㄡˋ是ㄕˋ我ㄨㄛˇ！ 獨ㄉㄨˊ一ㄧ無ㄨˊ二ㄦˋ的ㄉㄜ˙我ㄨㄛˇ！！
我ㄨㄛˇ要ㄧㄠˋ做ㄗㄨㄛˋ自ㄗˋ己ㄐㄧˇ！
天ㄊㄧㄢ天ㄊㄧㄢ開ㄎㄞ心ㄒㄧㄣ地ㄉㄧˋ做ㄗㄨㄛˋ自ㄗˋ己ㄐㄧˇ！！

我ㄨㄛˇ喜ㄒㄧˇ歡ㄏㄨㄢ表ㄅㄧㄠˇ演ㄧㄢˇ！

在學校聖誕節時，
開心地在台上唱唱跳跳！

老師還帶著我們演過
很多書裡面的人喔。

我ㄨˇ很ㄏㄣˇ會ㄏㄨㄟˋ模ㄇㄛˊ仿ㄈㄤˇ動ㄉㄨㄥˋ物ㄨˋ！

會模仿爸爸。

會ㄏㄨㄟˋ模ㄇㄛˊ仿ㄈㄤˇ媽ㄇㄚ咪ㄇㄧ。

喔ㆀ～～表ㄅㄧㄠˇ演ㄧㄢˇ太ㄊㄞˋ好ㄏㄠˇ玩ㄨㄢˊ了ㄌㄜ。
我ㄨㄛˇ要ㄧㄠˋ隨ㄙㄨㄟˊ時ㄕˊ開ㄎㄞ心ㄒㄧㄣ地ㄉㄜˋ唱ㄔㄤˋ跳ㄊㄧㄠˋ。

我ㄨㄛˇ要ㄧㄠˋ常ㄔㄤˊ常ㄔㄤˊ扮ㄅㄢˋ演ㄧㄢˇ不ㄅㄨˋ同ㄊㄨㄥˊ的ㄉㄜ˙角ㄐㄩㄝˊ色ㄙㄜˋ。

我ㄨㄛˇ最ㄗㄨㄟˋ喜ㄒㄧˇ歡ㄏㄨㄢ表ㄅㄧㄠˇ演ㄧㄢˇ！
我ㄨㄛˇ要ㄧㄠˋ隨ㄙㄨㄟˊ時ㄕˊ隨ㄙㄨㄟˊ地ㄉㄧˋ地ㄉㄜ˙表ㄅㄧㄠˇ演ㄧㄢˇ！！

奇ㄑˊ怪ㄍㄨㄞˋ……
為ㄨㄟˋ什ㄕˊ麼ㄇㄜ˙大ㄉㄚˋ家ㄐㄧㄚ好ㄏㄠˇ像ㄒㄧㄤˋ不ㄅㄨˋ喜ㄒㄧˇ歡ㄏㄨㄢ
我ㄨㄛˇ的ㄉㄜ˙表ㄅㄧㄠˇ演ㄧㄢˇ？

但是，
同學的生日扮裝派對，
我扮演驚喜箱裡的小丑嚇大家。

大家又笑得好開心？

媽咪說：

妳早就是一個很棒的演員！

但真正很棒的表演者，

是可以依不同的狀況而扮演不同的角色。

原來如此。
在爸爸媽咪的面前，
我是最會撒嬌的小寶寶。

但_{ㄉㄢˋ}在_{ㄗㄞˋ}妹_{ㄇㄟˋ}妹_{ㄇㄟˋ}的_{ㄉㄜ˙}面_{ㄇㄧㄢˋ}前_{ㄑㄧㄢˊ}，

我_{ㄨㄛˇ}是_{ㄕˋ}懂_{ㄉㄨㄥˇ}事_{ㄕˋ}的_{ㄉㄜ˙}小_{ㄒㄧㄠˇ}姊_{ㄐㄧㄝˇ}姊_{ㄐㄧㄝˇ}。

在ㄗㄞˋ學ㄒㄩㄝˊ校ㄒㄧㄠˋ，
我ㄨㄛˇ是ㄕˋ認ㄖㄣˋ真ㄓㄣ學ㄒㄩㄝˊ習ㄒㄧˊ的ㄉㄜ˙好ㄏㄠˇ學ㄒㄩㄝˊ生ㄕㄥ。

在我的小小兵團前，
我是一個很好的老師。

在ㄗㄞˋ人ㄖㄣˊ多ㄉㄨㄛ的ㄉㄜ˙地ㄉㄧˋ方ㄈㄤ，
我ㄨㄛˇ是ㄕˋ優ㄧㄡ雅ㄧㄚˇ的ㄉㄜ˙小ㄒㄧㄠˇ公ㄍㄨㄥ主ㄓㄨˇ。

同學需要幫忙的時候，
我會扮演溫柔成熟的大人。

看到小動物有危險，
我會變身為勇敢的小英雄！

有事情需要被解決時，
我會像機智的小偵探辦案。

我還常扮演電視裡的軍師，
幫忙給爸爸媽咪很多好意見。

很ㄏㄣˇ多ㄉㄨㄛ時ㄕˊ候ㄏㄡˋ我ㄨㄛˇ是ㄕˋ畫ㄏㄨㄚˋ家ㄐㄧㄚ。

是ㄕˋ服ㄈㄨˊ裝ㄓㄨㄤ設ㄕㄜˋ計ㄐㄧˋ師ㄕ。

是^{ㄕˋ}美^{ㄇㄟˇ}食^{ㄕˊ}家^{ㄐㄧㄚ}。

是ㄕˋ科ㄎㄜ學ㄒㄩㄝˊ家ㄐㄧㄚ。

我真的本來就有好多種樣子喔！
我開始學著在對的場景，選擇適合扮演的角色。
我真是好棒的演員！
不過……